Moi, Zèbre Bouchard

... vous pourrez le retrouver en visitant notre
site au: www.soulieresediteur.com

Moi, Zèbre Bouchard

un roman de
Myriam de Repentigny
illustré par
Yvan Deschamps

SOULIÈRES
ÉDITEUR
www.soulieresediteur.com

case postale 36563 — 598, rue Victoria
Saint-Lambert (Québec) J4P 3S8

Soulières éditeur remercie le Conseil des Arts du Canada et la
SODEC de l'aide accordée à son programme de publication
et reconnaît l'aide financière du gouvernement du Canada
par l'entremise du Fonds du livre du Canada (FLC) pour
ses activités d'édition. Soulières éditeur bénéficie également
du Programme de crédit d'impôt pour l'édition de livres –
Gestion Sodec – du gouvernement du Québec.

Dépôt légal: 2013

**Catalogage avant publication de Bibliothèque et
Archives nationales du Québec et Bibliothèque et
Archives Canada**

De Repentigny, Myriam, 1975-
    Moi, Zèbre Bouchard
    (Collection Ma petite vache a mal aux pattes ;
115)
    Pour les jeunes de 7 ans et plus.
    ISBN 978-2-89607-164-7
    I. Deschamps, Yvan, 1979- . II. Titre. III. Collec-
tion: Collection Ma petite vache a mal aux pattes ; 115.
PS8607.E718M64 2013   jC843'.6   C2012-942481-1
PS9607.E718M64 2013

Illustration de la couverture
et illustrations intérieures :
Yvan Deschamps

Conception graphique de la couverture :
Annie Pencrec'h

Pour Aëla,
merveilleuse petite fille

Chapitre 1

Mes parents,
la savane et moi

Je me présente : je m'appelle Zèbre Bouchard et j'ai neuf ans. Depuis ma naissance, j'ai un problème : je n'aime pas mon prénom. Mes parents disent que c'est un prénom original (ça, c'est vrai !) et que je devrais être fier de le porter. Mais moi, je ne suis pas comme mes parents : eux, ils sont un peu bizarres et, surtout, ils refusent d'être comme les autres. En m'appelant Zèbre, ils étaient assurés que je serais le seul de ma classe, de mon école et même du monde entier à porter ce prénom !

Quand je me présente, les gens rient et, jusqu'à maintenant :

- 483 personnes m'ont dit que mon prénom était un nom d'animal

- 74 m'ont demandé comment j'avais fait pour m'échapper de la savane

- 56 ont ri et ont dit : « Ah oui ? Moi, c'est Éléphant » ou encore « Enchanté, je me nomme Kangourou ! ».

Vous riez, hein ? Hé bien, je vais vous dire quelque chose : ce n'est pas drôle du tout !

Chapitre 2

Animal
à rayures

Je n'ai ni frère, ni soeur, ni même un animal domestique. En fait, j'ai déjà eu une perruche mais elle s'est noyée dans l'évier, sous les yeux ahuris de ma mère qui faisait la vaisselle.

Ce que j'aime, c'est faire du vélo, dessiner et fabriquer toutes sortes de choses avec du carton, des ciseaux, de la colle et des crayons de couleur. Ma mère dit à tout le monde que je suis un artiste. Je ne sais pas si je suis un artiste. Ce que je sais, c'est que j'aimerais bien m'appeler Simon ou Lucas et avoir plein de copains. Ça me plairait même drôlement, je crois.

Je vais à l'école L'Écureuil-Volant et je suis en quatrième année. Mon enseignante s'appelle mademoiselle Marguerite. J'ai trois amis : Henri, Théo et Jules. Par contre, je ne suis pas dans une bande, comme Patrick P. ou le gros Daniel. Alors, quand je ne suis pas avec mes amis, je dessine dans mon carnet. C'est un tout petit carnet, que je garde toujours dans la poche arrière de mon pantalon, avec un crayon. Ainsi, un jour que j'étais seul dans la cour de récré, j'ai vu le gros Daniel (et sa bande, bien sûr) qui venaient vers moi. J'ai vite sorti mon carnet et hop ! je me suis mis à dessiner. Les garçons se sont placés en cercle autour de moi et Daniel a pris la parole :

— Qu'est-ce que tu dessines, animal à rayures ?

— Oh ! rien d'intéressant.

Brusquement, il m'a pris le carnet des mains et a regardé mon dessin. C'était lui, avec un corps d'éléphant. Il m'a regardé avec des yeux pleins de colère et a laissé tomber le carnet à mes pieds. Puis, il a tourné les talons et s'en est allé, suivi de près par sa bande. Avant de partir, un des garçons du groupe, Zachary, s'est approché de moi, a ramassé mon carnet et

a regardé mon dessin. Il m'a fait un clin d'oeil avant de me rendre le carnet et de s'élancer pour rejoindre le reste de la bande.

Chapitre 3

Cuisse de poulet et vieux poisson

Ce soir-là, au souper, je n'avais pas vraiment le coeur à la fête. Alors que ma mère parlait (comme d'habitude) et que mon père rigolait, une main posée sur son gros ventre (comme d'habitude), je mangeais en silence et sans appétit.

— Qu'est-ce qui se passe, mon Zèbre ? Ça ne va pas ? a soudainement demandé ma mère.

Je ne pouvais plus me contenir.

J'ai répondu en criant, les larmes aux yeux :

— Pourquoi vous m'avez appelé Zèbre ?

Mes larmes se sont mises à couler jusque sur ma cuisse de poulet.

— Si vous m'aviez aimé, vous ne m'auriez jamais appelé comme ça !

Ma mère a baissé les yeux. Mon père me regardait, la bouche ouverte.

— Tu dis n'importe quoi ! Tu sais bien que nous t'aimons. Zèbre, c'est le plus beau prénom que je connaisse.

Ma mère a pris ma main dans la sienne.

— Tu sais, mon chéri, lorsqu'on veut rire de quelqu'un, on trouve toujours une bonne raison pour le faire.

J'ai retiré ma main et je suis sorti de table sans demander la permission. De toute façon, mon poulet et mes brocolis nageaient maintenant dans une flaque d'eau salée.

Le lendemain matin, en arrivant à l'école, j'ai trouvé dans mon casier plusieurs objets bizarres et, surtout, qui sentaient drôlement mauvais : de vieilles chaussettes humides, un yogourt périmé et même un morceau de poisson !

J'ai attrapé un sac de plastique qui traînait dans ma case et j'y ai déposé les chaussettes, le yogourt verdâtre et le poisson. En me retournant pour aller jeter le tout à la poubelle, je me suis fait bousculer si fort que je me suis retrouvé assis dans mon casier. Alex, le meilleur ami du gros Daniel, se tenait devant moi et rigolait. Il me faisait penser à un singe. Vous savez, ceux qui ont le derrière rouge ? Je lui ai tendu le sac de plastique.

— Tiens : cadeau.

Je me suis rapidement relevé en refermant avec fracas la porte de mon casier et je suis parti au pas de course, laissant Alex seul au milieu du couloir avec le sac de plastique malodorant.

Je vous le dis, ma revanche sera terrible.

Chapitre 4

À l'ombre
d'un arbre

À la récré du midi, je suis allé m'asseoir sur la butte, à l'ombre d'un arbre, avec mon carnet et mon crayon. C'était un endroit tranquille, presque une cachette. J'y étais déjà venu une fois ou deux, mais jamais pour dessiner. Je me suis mis au travail et, vingt minutes plus tard, j'avais fait le portait de tous les membres de la bande de Daniel. En fait, tous sauf un : Zachary. C'était comme si, après le clin d'oeil qu'il m'avait fait dans la cour, je n'avais plus trop envie de devenir son ennemi.

Juste avant le départ des autobus scolaires, je suis allé coller mes dessins sur les casiers de Daniel et de ses copains : Alex le singe au der-

rière rouge, Maxime l'écureuil, Benoît le chien de garde, Pierre-Olivier, qui passait son temps à répéter tout ce que disait Daniel, le perroquet. J'avais même fait un tout nouveau portrait de Daniel. En éléphant, bien sûr.

Chapitre 5

Tricoter
dans le noir

Cette nuit-là, j'ai fait un cauchemar. J'ai rêvé que Daniel était vraiment un éléphant et qu'il tentait de m'écraser la tête avec ses grosses pattes. Pendant ce temps, ses amis Singe, Écureuil, Chien méchant et Perroquet riaient et hurlaient en chœur. J'ai dû moi-même hurler dans mon sommeil car, à un moment, j'ai ouvert les yeux et ma mère était là, tout près de mon lit. Elle m'a tendu une tasse de tisane de couleur douteuse.

— Tiens ! Bois !

— C'est quoi ?

— Aubépine et fleur d'oranger. Pour t'aider à mieux dormir.

Je me suis assis dans mon lit et j'ai pris la tasse qu'elle me tendait. Ça n'avait pas bon goût, mais j'ai l'habitude. Ma mère s'est installée dans la chaise berçante pour tricoter. Depuis que je suis tout petit, elle fait cela :

elle s'installe là et tricote jusqu'à ce que je m'endorme. Il faut dire qu'elle coud et tricote elle-même tous mes vêtements. Cela lui prend beaucoup de temps.

— Tu sais maman, on pourrait acheter mes vêtements au magasin… comme heu …comme tout le monde.

Elle a levé les yeux de son tricot, scandalisée.

— Hé bien justement ! Moi, je ne suis pas comme tout le monde !

— D'accord, maman. Mais quand même … heu… est-ce que tu crois que

tu pourrais me tricoter quelques chandails sans …heu… sans rayures ?

Elle n'avait pas l'air aussi fâchée
que je le redoutais. Plutôt étonnée.

— Ah bon ? Tu n'aimes plus les
rayures ?

— Ce n'est pas ça, maman. C'est
juste qu'avec mon prénom... Zèbre,
rayé…. tu vois ? Ça fait comme un
peu trop.

— Mais bien sûr, mon chéri. Je
comprends. Allez, endors-toi maintenant.

J'ai posé ma tasse vide sur la
table de chevet et éteint la lampe. Ma
mère a tellement l'habitude de tricoter qu'elle peut le faire même dans le
noir.

Chapitre 6

Le concours

Le lendemain matin, mademoiselle Marguerite m'a intercepté alors que je me dirigeais vers mon casier.

— Zèbre ! Monsieur le directeur voudrait te voir tout de suite.

Elle avait parlé tout bas. Elle avait l'air inquiète. Nous avons marché ensemble jusqu'au bureau de monsieur Leboeuf, le directeur. J'ai cogné à la porte tandis qu'elle s'éloignait en se retournant de temps à autre, comme pour vérifier que je n'avais pas pris la poudre d'escampette.

— ENTREZ !

J'ai sursauté en entendant la grosse voix de monsieur Leboeuf. J'ai ouvert la porte timidement.

— Ah ! Monsieur Bouchard ! Venez donc vous asseoir !

Le directeur vouvoyait tout le monde, les enseignants comme les élèves. Je me demandais s'il vouvoyait aussi sa femme et ses enfants.

Il a posé sur son bureau, devant moi, les cinq portraits des membres de la bande de Daniel, que j'avais collés sur leur casier respectif, la veille.

— C'est bien vous qui avez fait ces dessins, monsieur Bouchard ?

J'avais l'impression que la fin du monde venait d'arriver.

— Heu... en fait, heu...

Je me demandais ce qui se produirait si je répondais non. J'ai cru bon ne pas prendre de chance.

— Oui, c'est moi.

— Monsieur Bouchard, je dois vous dire que ce n'est pas très gentil de se moquer ainsi de ses camarades.

— Je ne peux pas dire que ces garçons soient vraiment mes amis, monsieur Leboeuf.

— Bon, bon. Peu importe. Promettez-moi que de tels méfaits ne se reproduiront plus.

— Oui, monsieur.

J'allais me lever lorsqu'il m'a fait signe de rester assis. Il s'est penché vers moi.

— Vous savez que vous avez un sacré talent pour le dessin ?

— Je... Merci, monsieur Leboeuf, ai-je marmonné en rougissant.

— Bon, bon. Ça suffit comme ça.
Je vous inscris sans plus attendre au
concours inter-écoles d'oeuvres d'art.

Il a sorti un grand cahier et a inscrit
mon nom sur une page vierge.

— Pour les détails, lisez ceci, a-t-
il ajouté en déroulant devant moi une
grande affiche.

**Élèves de 3e et 4e année
des écoles L'Écureuil-Volant,
La Fourmi-Dynamique et
Le Cheval-Galopant**
Participez au
Grand concours d'oeuvres d'art
inter-écoles !
Dessin, peinture, collage,
sculpture sont acceptés.
**Date limite pour déposer vos
oeuvres au secrétariat :
le vendredi 4 mai**
Bonne chance à tous !

Lorsque j'ai eu fini de lire, j'ai adres-
sé un petit signe de tête à monsieur
Leboeuf.

— Alors, qu'en pensez-vous ?

Sans me laisser le temps de répondre, il m'a fait signe de me lever. Il a ouvert la porte et nous nous sommes serré la main. En fait, il serait plus juste de dire qu'il m'a broyé la main avant de me donner une claque dans le dos, si vigoureuse que j'ai littéralement volé dans le couloir. Un peu plus, et j'atterrissais directement dans la classe de mademoiselle Marguerite.

Chapitre 7

La lettre Z

Ce soir-là, au souper, j'ai annoncé à mes parents que j'allais participer au concours d'oeuvres d'art.

— Zèbre, tu dis tout le temps que ton prénom est trop original. Tu pourrais peut-être t'en inspirer pour créer ton oeuvre ? a dit ma mère entre deux bouchées de lasagne.

— Mmmm, mmmm, ai-je marmonné, la bouche pleine.

— Tu sais, parfois ça peut être utile d'être différent des autres, a ajouté mon père en nettoyant le fond de son assiette avec un morceau de pain.

Le lendemain, j'ai réfléchi, réfléchi et encore réfléchi. Aucune idée ne me semblait assez originale pour le concours. Le soir venu, je commençais à désespérer lorsque j'ai repensé à ce que m'avait dit ma mère la veille à propos de mon prénom. Mais je n'allais pas dessiner un zèbre, quand même ! Un portrait de moi en zèbre ? Bof ! J'ai alors pensé que mon prénom commençait par la lettre Z, qui était une lettre assez originale ! Je me suis levé d'un bond et je suis allé chercher mon dictionnaire. Lorsque je me

suis réveillé, à l'aube, la tête entre les pages des mots commençant par la lettre Z, j'avais trouvé mon idée ! Je crois bien qu'elle était arrivée, comme par magie, pendant mon sommeil !

Chapitre 8

Mon oeuvre
et moi

Les jours suivants, j'ai travaillé sans relâche à mon oeuvre. Le matin, avant de partir pour l'école et le soir, de la minute qui a suivi mon retour jusqu'à la minute qui a précédé le moment de me mettre au lit. Je n'avais pas faim, mais ma mère insistait pour que je mange à table en famille. Comme elle savait que j'étais pressé de retourner travailler à mon oeuvre, elle me surveillait pour que je ne mange pas trop vite, pour que je mastique bien chaque bouchée, pour que je respire profondément en buvant ma tasse de tisane de coquelicot. Ma mère pratique plein d'activités comme le yoga, le taï-chi et la méditation : elle passe beaucoup de temps à respirer et à « faire le vide », comme elle dit. Mon père, lui, pratique surtout les sports à la télé : entre le hockey, le foot, le tennis et les Jeux olympiques, il est bien occupé. Quoi qu'il en soit, dès que j'ai eu terminé ma tisane, je suis retourné m'enfermer dans ma chambre.

Ma mère, bien sûr, vient me voir de temps à autre pour s'assurer que tout va bien et que je n'ai besoin de rien. De toute façon, je suis si concentré sur mon travail que j'entends à peine ce qu'elle me raconte.

En fait, pour tout vous dire, je me sens bizarre. Pas bizarre comme celui qui se promène avec un chapeau de paille en plein hiver ou un perroquet sur l'épaule. Plutôt comme ce que l'on ressent lorsqu'on découvre quelque chose de nouveau à l'intérieur de soi. Quelque chose qui était déjà là, mais qu'on n'avait encore jamais vu. Comme si à l'intérieur de Zèbre Bouchard, celui qui porte des chandails rayés tricotés par sa mère, qui a de grandes dents et dont les autres aiment bien se moquer, il y avait un autre Zèbre. Un Zèbre qui a beaucoup d'imagination, d'énergie et de courage et dont personne ne rit.

Le jeudi soir, – nous étions alors le 3 mai – à 19 heures 57 précises, j'ai mis la touche finale à mon oeuvre. J'ai appelé mes parents afin qu'ils viennent y jeter un coup d'oeil. Ils m'ont tous les deux félicité, puis ma mère m'a embrassé avant de sortir de la chambre. Mon père m'a serré dans ses bras et j'ai rebondi contre son gros ventre.

— Je suis fier de toi, mon garçon. Et jamais je ne regretterai de t'avoir appelé Zèbre. Jamais, a-t-il répété sur un ton solennel.

Chapitre 9

Pas très chic

Le lendemain matin, mon père est venu me reconduire à l'école. Je portais mon oeuvre dans un grand sac poubelle. Ce n'était pas très chic, mais c'était le plus grand sac que ma mère avait pu dénicher. Dans le couloir qui conduisait au secrétariat, j'ai croisé monsieur Leboeuf.

— Mais dites donc, mon garçon, votre oeuvre a l'air énorme !

— Heu, oui, un peu.

Il a rigolé et m'a souhaité bonne chance avant de continuer son chemin. J'étais soulagé qu'il ne m'ait pas donné son habituelle claque dans le dos. J'aurais sûrement volé dans le couloir avant d'aller m'écraser lamentablement sur mon oeuvre.

Avant d'entrer en classe, je suis allé aux toilettes, où j'ai croisé Zachary. Il était seul.

— Salut Zèbre.

— Salut.

— As-tu participé au concours ?

— Oui. Et toi ?

— Oui, je…

Zachary s'est interrompu lorsque le gros Daniel a fait irruption dans la pièce. Il nous a regardés sévèrement, Zachary et moi.

— Qu'est-ce que tu veux, espèce de zèbre ?

— Heu, rien. Juste… heu… juste aller aux toilettes.

— C'est pas un zoo ici ! Allez, déguerpis ! a-t-il ajouté en montrant la porte du doigt.

Alors que je poussais la porte, Zachary a lancé :

— Hey ! Bonne chance pour le concours !

Je me suis immobilisé et j'ai pris une grande inspiration pour me donner du courage. Puis, je me suis retourné.

— Merci Zach. Bonne chance à toi aussi.

Puis, je suis sorti sans demander mon reste.

En classe, mademoiselle Marguerite a demandé aux élèves qui avaient participé au concours de lever la main. Au moins la moitié des élèves ont levé la main ! Je me suis alors demandé si, vraiment, j'avais une chance de gagner. Puis, je me suis dit que, quoi qu'il en soit, j'étais heureux d'avoir travaillé si fort pour mon oeuvre. Je crois même que j'étais un petit peu fier de moi. Et ça, c'était vraiment super !

Chapitre 10

Le
grand jour

Le mardi 8 mai, à 14 heures, tous les élèves de 3e et 4e année des écoles L'Écureuil-Volant, La Fourmi-Dynamique et Le Cheval-Galopant se sont rendus au gymnase pour admirer les oeuvres de ceux qui avaient participé au concours et, bien sûr, connaître les noms des trois gagnants.

Sur les quatre murs du gymnase, il y avait des dessins, des peintures et toutes sortes de collages. Les élèves circulaient lentement en examinant les oeuvres. Je me baladais avec Théo et Henri. Théo avait fait un portrait de son chien et, Henri, une étrange peinture. Je les ai félicités pour leur travail.

— Mais tu ne trouves pas que mon chien ressemble un peu à un lapin ? m'a demandé Théo.

— En fait, disons que…. oui, c'est vrai, mais personne n'a besoin de savoir que c'est TON chien que tu as voulu dessiner. Tu n'as qu'à dire que c'est un animal imaginaire, un chien-lapin.

— Ou un lapin-chien, a proposé Henri.

Nous avons tous les trois hoché la tête et continué notre chemin.

Lorsque les élèves ont fini de faire le tour du gymnase, ils se rendent au centre de la pièce, où une grande table a été installée avec les sculptures, bijoux et autres objets fabriqués pour le concours.

M'éloignant de mes amis, j'ai examiné plus ou moins distraitement ces objets avant de me mettre à chercher mon oeuvre du regard. J'ai eu un moment de panique: je ne la voyais nulle part. Puis, en levant les yeux, je l'ai aperçue : mon Z était là, grimpé sur un petit cube en plein milieu de la table. C'était un énorme Z en carton et en trois dimensions sur lequel j'avais écrit, avec des couleurs et des matériaux différents tous les mots de mon dictionnaire qui commençaient

par la lettre Z. Posté là-haut, il avait l'air encore plus gros !

Je lui ai lancé un clin d'oeil que je croyais discret avant de me remettre à examiner les oeuvres des autres élèves. Mais je n'avais pas dû être assez discret, car le gros Daniel m'a accosté.

— C'est toi qui as bricolé la grosse chose bizarre là-haut ?

— Heu… oui. Et… et toi, tu as fait quelque chose ?

— Pfff…. je n'ai pas de temps à perdre avec ces trucs de… de filles ! Je préfère faire du sport, a-t-il ajouté en bombant le torse.

Alors que je m'éloignais en douce de Daniel, monsieur Leboeuf est monté sur l'estrade et les différents professeurs ont rassemblé leurs élèves afin que tous s'assoient par terre, face à lui. Lorsque tout le monde a été assis, le directeur, de sa grosse voix, a pris la parole.

Chapitre 11

Les trois gagnants

— Mes amis, bonjour ! Aujourd'hui est un grand jour, car vous allez enfin connaître le nom des trois gagnants de notre formidable concours d'oeuvres d'art !

Silence total. Comme aurait dit mon père, on entendait une araignée tisser sa toile, heu non, plutôt un papillon sortir de son cocon, heu non… enfin, vous voyez ce que je veux dire.

— Mes amis, commençons donc par la troisième position.

Monsieur Leboeuf a eu l'air décontenancé un moment, puis il a sorti une feuille pliée en quatre de la poche de son veston.

— Zachary Létourneau de l'école L'Écureuil-Volant !

Nous avons tous applaudi Zachary, qui avait l'air aussi stupéfait que si on venait de lui annoncer qu'en fait il était une fille.

— Vous pouvez venir me rejoindre, monsieur Létourneau.

Zachary s'est levé et a rejoint monsieur Leboeuf sur l'estrade. Je ne sais pas pourquoi, mais j'étais content qu'il remporte un prix. Je devais justement applaudir un tantinet trop fort, car Daniel, qui applaudissait du bout des doigts, l'air découragé, m'a lancé un regard noir. Le dessin de Zachary représentait une ville futuriste vue du ciel. Je trouvais que c'était vraiment bien fait. Mademoiselle Marguerite, les joues roses d'excitation, a déposé le dessin sur une table avant de faire la bise à Zachary et de lui remettre

son prix. Monsieur le directeur a tous-
soté dans son micro.

— Bon, bon, mes amis, voici maintenant le nom du gagnant, ou de la
gagnante, du deuxième prix.

Il a approché la feuille de son vi-
sage.

— Gazelle Boisvert, de l'école Le
Cheval-Galopant !

Quelques élèves ont rigolé en entendant le prénom de la gagnante qui,
en un clin d'oeil, a rejoint Zachary sur
l'estrade. Moi, j'étais abasourdi : cette
fille s'appelait Gazelle. Cela voulait
donc dire qu'il n'y avait pas que moi
qui portais un prénom d'animal ! Et
puis, cette Gazelle avait un sourire
magnifique. Je crois même que jamais
auparavant je n'en avais vu d'aussi
beau. Elle avait des yeux verts qui
brillaient comme deux étoiles. J'étais
tellement ébloui que j'ai à peine regardé son oeuvre, que mademoiselle
Marguerite venait pourtant tout juste
de présenter à l'audience. Je crois
qu'il s'agissait d'un masque, mais je

n'aurais pas pu en dire plus.

Gazelle a reçu son prix sous les applaudissements puis monsieur Leboeuf a repris le micro.

— Bon, bon, un peu de calme maintenant, mes chers amis. Voici venu le temps de dévoiler le nom du grand gagnant de notre concours inter-écoles d'oeuvres d'art.

Silence.

— Accueillons donc maintenant celui que nous pourrons désormais appeler l'artiste du Z, et j'ai nommé… Zèbre Bouchard !

Les applaudissements ont retenti, les regards se sont tournés vers moi. Moi ? J'avais vraiment gagné le premier prix ? Comme je ne bougeais pas, mademoiselle Marguerite s'est mise à me faire de grands signes. Sur l'estrade, Gazelle et Zachary me souriaient. Les jambes tremblotantes, je suis allé les rejoindre.

Là-haut, monsieur Leboeuf, comme d'habitude, m'a donné une solide claque dans le dos.

— Bien joué, mon gar-
çon !

Mademoiselle Marguerite, pour
sa part, a posé sur ma joue un bisou
retentissant avant de me prendre
par le bras et de m'installer tout
près de Gazelle. Maintenant que
je la voyais de près, je peux vous
dire que cette fille-là n'était pas
seulement jolie. Elle était…
aussi lumineuse qu'un rayon
de soleil ! La maîtresse m'a
remis mon prix : une grosse
valise contenant du matériel
d'artiste. J'avais l'impression d'être aussi rouge
que mon chandail ! Je re-
gardais mon Z, que ma-
demoiselle Marguerite
avait descendu de son
cube pour l'installer sur
une table à côté des
oeuvres de Zachary
et de Gazelle, et je
me disais que, pour
la première fois de

ma vie, j'étais heureux de m'appeler Zèbre. Parce que si j'avais porté un autre prénom, je n'aurais probablement pas eu cette idée-là !

Monsieur Leboeuf a repris le micro.

— Félicitations à tous les participants et, bien sûr, à nos trois gagnants : Zachary Létourneau, Gazelle Boisvert et notre artiste du Z, Zèbre Bouchard !

En prononçant mon nom, il m'a donné une nouvelle claque dans le dos qui m'a fait faire un léger bond en avant. Gazelle a étouffé un petit rire entre ses mains toutes mignonnes. J'ai souri en rougissant à nouveau.

Alors que les élèves se levaient pour quitter la salle, monsieur Leboeuf nous a fait signe de rester là et s'est tranquillement approché de nous, l'air emballé.

— Mes amis, j'ai un projet tout à fait extraordinaire à vous proposer.

Il a continué, sur le ton de la confidence :

— Monsieur Pigeon, le maire de notre magnifique ville, aimerait vous avoir pour peindre une grande murale au Parc de la Famille. Cela aurait lieu samedi prochain.

Sans attendre, nous avons tous les trois acquiescé avec enthousiasme.

— Bon, bon, je vois que ce dossier est réglé. Encore félicitations, mes amis, a-t-il ajouté en nous broyant les mains.

Nous nous sommes éloignés, Zachary, Gazelle et moi et nous avons rejoint la sortie du gymnase en discutant de choses et d'autres.

J'étais heureux comme je ne l'avais encore jamais été : non seulement j'avais remporté le premier prix du concours, mais j'aurais la chance de revoir Gazelle, la plus belle fille de la Terre.

Chapitre 12

Artiste du Z

Comme vous pouvez vous l'imaginer, j'ai annoncé la bonne nouvelle à mes parents dès mon retour à la maison. Aussitôt, ma mère s'est empressée de préparer mon plat favori : des pâtes à la sauce tomate avec des olives vertes et beaucoup de fromage coulant. Mon père, pendant ce temps, a débouché sa meilleure bouteille de bière d'épinette. Tandis que nous mangions, j'ai tout raconté à mes parents : la troisième place de Zachary et la seconde place de Gazelle, mon prix et surtout, le projet de murale au Parc de la Famille. Ma mère a eu l'air drôlement impressionnée lorsque j'ai dit que monsieur Leboeuf m'avait surnommé « l'artiste du Z ». Mon père, quant à lui, s'est mis à glousser lorsque j'ai parlé de Gazelle. Probablement avais-je rougi en prononçant son nom. Quoi qu'il en soit, je n'avais pas trop envie de leur dire que c'était la plus belle fille de l'univers et que son sourire était comme un feu d'artifice dans le coeur. C'était mon « jardin secret » comme aime le dire ma mère, lorsqu'il est question de choses personnelles.

— Tu vois, Zèbre, ça peut être payant parfois d'être différent, a dit ma mère en coupant la tarte aux fraises.

— Hum, hum.

— Et puis, il n'y a pas que toi qui portes un prénom original, a ajouté mon père en faisant allusion à Gazelle.

— Je me demande si elle fait rire d'elle, à son école.

— Hé bien, tu le lui demanderas samedi, a répondu ma mère, tandis que mon père se remettait à glousser.

Samedi… il me tardait d'y être enfin ! La semaine promettait d'être longue…

Avant de me coucher, bien installé

dans mon lit, j'ai ouvert la grande valise rouge et, en examinant le matériel qui s'y trouvait, j'ai pensé que la
lettre Z, c'était vraiment MA lettre, ma
lettre chanceuse, en tout cas ! C'était
étrange d'être là, dans la même
chambre qu'hier, avec le même édre-
don et les mêmes rideaux rayés, por-
tant le même pyjama… et de me sentir pourtant si différent. Aujourd'hui a
été un grand jour : j'ai gagné un prix,
on m'a applaudi et… j'ai rencontré
Gazelle. Mais il y a quelque chose

de plus, quelque chose de vraiment important et qui me rend plus léger et heureux qu'un petit oiseau dans le ciel : je ne me sens plus embarrassé par mon prénom. Je m'appelle Zèbre, je suis différent et je peux créer des choses originales. Je m'appelle Zèbre et c'est tout.

Chapitre 13

Zachary

Le lendemain, à la récré du matin, plusieurs élèves sont venus me voir pour me féliciter et me parler de mon oeuvre. J'avais l'impression d'être une vedette de cinéma. Bientôt, ai-je pensé en rigolant, j'allais avoir besoin d'un garde du corps ! Parmi tous les élèves, il y avait Zachary.

— Salut, Zèbre. C'est vraiment génial que tu aies remporté le premier prix.

— Merci. C'est super pour toi aussi. Le troisième prix, ce n'est pas rien. Et ta ville futuriste est drôlement impressionnante.

Zachary a légèrement rougi. Par-dessus son épaule, je pouvais voir Daniel et sa bande qui nous regardaient. Je m'attendais à ce que Zachary me quitte pour aller les rejoindre, mais au contraire, il m'a proposé de marcher un peu. Sous l'oeil mauvais de Daniel, nous nous sommes donc éloignés et nous sommes allés nous

asseoir sur un banc, à l'abri des regards.

— Tu ne te tiens plus avec Daniel ?

— Non, pas vraiment. Le concours nous a un peu… disons… éloignés l'un de l'autre. Et puis, je crois que je préfère ne pas être toujours en bande.

— Hum, je comprends.

Zachary a rougi à nouveau.

— Est-ce qu'on peut être amis, Zèbre ?

Je n'en revenais pas que Zachary me demande ça à moi, Zèbre Bouchard.

— Bien sûr, Zach ! Si tu veux, on peut être… heu… la bande des Z ?

Nous avons éclaté de rire. Puis, la cloche a sonné et nous nous sommes dirigés vers la salle de classe, nous faisant bousculer au passage par Alex et Lucas. Juste avant d'entrer, Zachary m'a chuchoté à l'oreille.

— Nous sommes la bande des Z et nous sommes invincibles !

J'ai souri pendant tout le reste de la journée.

Chapitre 14

La surprise
de maman

Lorsque je suis rentré de l'école, j'ai trouvé ma mère dormant à poings fermés dans son lit. C'était bien la première fois que je la voyais dormir en plein après-midi, elle qui déteste faire la sieste ! Elle était sûrement malade ! Je suis sorti de la chambre sans faire de bruit et j'ai descendu l'escalier, vachement inquiet. Ma mère avait-elle attrapé le cancer ? Allait-elle mourir, me laissant orphelin de mère à neuf ans ? Zèbre Bouchard n'avait-il donc pas le droit d'être heureux ?

J'étais tellement absorbé par mes idées noires que je n'ai ni vu ni entendu mon père qui venait de rentrer du travail.

— Zèbre, tu pleures ? Qu'est-ce qui se passe ?

Sans que je m'en rende compte, une larme avait coulé sur ma joue. N'en pouvant plus, je me suis écrié :

— C'est maman ! Elle est couchée dans votre lit avec le cancer ! Comment on va faire, papa ?

Mon père a éclaté de rire. Un rire assourdissant, ahurissant qui, comme d'habitude, faisait quasiment trembler les objets dans la maison. J'étais choqué : comment pouvait-il rire alors que… Me regardant soudain, il s'est penché vers moi :

— Ta mère n'est pas malade, Zèbre. Elle est juste fatiguée parce qu'elle a passé plusieurs nuits à… à…

Un bruit à l'étage a attiré notre attention et il s'est interrompu. Ma mère se tenait en haut de l'escalier, un immense paquet cadeau dans les bras. Elle était si belle, si rayonnante, si… vivante que j'en ai presque oublié le sourire de Gazelle. J'ai grimpé les marches à toute vitesse et je me suis jeté dans ses bras, l'obligeant ainsi à lâcher le cadeau. J'ai enfoui mon nez dans son cou, m'enivrant de son odeur de lilas. Des larmes me picotaient les yeux.

— Maman, je t'aime tellement !

Elle m'a serré contre elle, du plus fort qu'elle a pu. Puis, elle a repris le paquet et me l'a tendu avec un grand sourire. Je me suis assis sur une marche et j'ai entrepris de le déballer. Sous le carton et le papier de soie, il y avait sept chandails… qui n'étaient pas rayés ! C'était donc ça, qui avait occupé ma mère pendant toutes ces nuits !

Tout à coup, je me suis senti vraiment coupable.

— Mais maman, tu sais, ce n'était pas urgent !

— Regarde les chandails, Zèbre.

Je les ai dépliés doucement. Sur chacun, il y avait un gros Z. Chaque Z était décoré différemment : avec des rayures, des pois, des étoiles ou une couleur particulière. J'ai souri en pensant à Zachary et à la toute nouvelle bande des Z.

— Merci maman. Ils sont vraiment trop beaux !

Nous nous sommes fait un dernier câlin, puis je suis allé dans ma chambre pour ranger mes chandails. Il y en avait un pour chaque jour de la semaine.

Chapitre 15

La murale

Samedi. Le grand jour est enfin arrivé. J'ai choisi le chandail avec un Z jaune pour aller avec le sourire ensoleillé de Gazelle. J'ai aussi emprunté un peu de parfum à mon père, en plus de coiffer mes cheveux avec soin. Quand je suis entré dans la cuisine, ma mère a écarquillé les yeux tandis que mon père gloussait doucement, le nez dans sa tasse de café. Décidément, c'était devenu une habitude ! Mais, ce matin-là, je n'avais pas envie d'être le poulet de la farce, heu non, la dinde, heu enfin…

— Qu'est-ce qu'il y a papa ? Pourquoi tu ris ?

— Heu, c'est-à-dire que… je ne ris pas, Zèbre. Je souris, c'est tout.

— Hum hum.

Je me suis installé à table. Ma mère m'a servi un verre de jus d'orange et un croissant de blé entier avec un peu de confiture de cerises de terre. J'en ai grignoté la moitié, puis je me suis levé. Je n'avais pas vraiment faim.

— Il faut que j'y aille, ai-je annoncé.

Monsieur Pigeon, le maire, nous attendait au Parc de la Famille, devant le grand mur vierge que nous avions comme mission de peindre.

— Je vous donne carte blanche, les enfants. Faites ce que vous voulez, pourvu que ce soit joyeux et coloré. Zoé, mon assistante, passera la journée avec vous. Allez, amusez-vous bien !

Zoé était toute petite avec des cheveux blonds bouclés. Elle s'est avancée vers nous et nous a remis une grande boîte contenant des pots de peinture, des pinceaux et même des bombes comme celles qu'utilisent les graffiteurs.

Après une brève discussion, Gazelle, Zachary et moi avons décidé de peindre des enfants avec des têtes d'animaux, des animaux avec des têtes d'enfants et, aussi, des objets « vivants » avec des visages, des bras et des jambes. Gazelle et moi avons d'abord peint nos autoportraits, avec corps de zèbre et de gazelle, tandis que Zach s'amusait avec les bombes et faisait le singe, juché sur l'escabeau. Nous avons rigolé comme des fous !

Vers midi, nous avons fait une pause pour pique-niquer dans l'herbe avec Zoé. Pendant que Zoé et Zachary parlaient de la murale, Gazelle et moi avons discuté de nos prénoms et de comment nous faisions rire de nous à l'école. Gazelle m'a expliqué qu'au début cela la rendait malheureuse, mais qu'au bout d'un moment elle avait décidé que cela ne lui ferait plus de peine. Elle avait choisi d'arborer toujours son plus beau sourire, peu importe les mots méchants et les mauvaises blagues.

— Il faut que tu choisisses entre être heureux ou malheureux, Zèbre. C'est toi qui décides. Pas les autres, avec leurs blagues idiotes.

— Ma mère dit que quand on veut vraiment rire de quelqu'un, on trouve toujours une bonne raison pour le faire.

— C'est vrai, dit Zoé. Quand j'étais petite, les enfants riaient de mes cheveux frisés. Ils m'appelaient « Zoé, le mouton ».

— Et moi, a ajouté Zach, ils rient de mes grandes oreilles.

— Je n'avais même pas remarqué que tu avais de grandes oreilles, ai-je lancé.

Nous avons tous éclaté de rire avant de terminer nos sandwichs et de nous remettre au travail.

Vers 16 heures, alors que nous mettions la touche finale à la murale, ma mère est arrivée. Elle était à peine descendue de la voiture qu'elle s'est exclamée :

— Wow ! C'est magnifique, les enfants ! Et les personnages sont super rigolos. Mais… attendez… c'est vous ?

Gazelle, Zachary et moi, nous nous sommes regardés en souriant, avant de nous approcher de ma mère.

— Maman, je te présente Gazelle et Zachary. Et elle, c'est Zoé, l'assistante de monsieur Pigeon.

— Oh bonjour ! Je suis très heureuse de faire votre connaissance, a-t-elle dit joyeusement en regardant tour à tour Zoé et mes deux amis. Zèbre m'a beaucoup parlé de vous, les enfants. C'est vrai que tu es très jolie, Gazelle.

J'ai rougi, mal à l'aise. J'ai regardé Gazelle du coin de l'oeil. Elle ne semblait pas du tout gênée par la re-marque de ma mère. Au contraire, elle était comme un poisson dans son aquarium. Enfin dans un lac. Enfin, bon... vous voyez ce que je veux dire.

— Merci, madame. Vous aussi, vous êtes très belle.

Ma mère a posé sur ma nouvelle amie un regard attendri.

— Tu es très gentille, Gazelle. Tu peux m'appeler Sophie.

— D'accord, Sophie.

Décidément, Gazelle savait s'y prendre avec les mères.

Chapitre 16

Artiste
de la vie

Ce soir-là, Gazelle et Zachary sont venus manger à la maison. Dans la voiture, au milieu des pelotes de laine, Gazelle a pris ma main dans la sienne et nous sommes restés comme ça jusqu'à ce que ma mère se gare doucement dans l'entrée. Je me sentais tout drôle : pas le genre drôle qui fait des blagues avec un nez de clown, non, plutôt le genre drôle qui se sent tout chose avec plein de petits papillons colorés dans le ventre. Est-ce que c'est cela, être amoureux ? Il faudrait que je demande à ma mère…

Le repas et la soirée ont vraiment été super. Mon père n'a même pas gloussé ni fait de blagues de mauvais goût. Il a ri très fort, bien sûr, à faire trembler les verres dans l'armoire, mais que voulez vous, il est comme ça !

Vers 21 heures, mon père est allé reconduire Gazelle et Zachary chez eux. Avant qu'ils ne partent, nous nous sommes serrés très fort, Gazelle et moi, et nous sommes promis de nous revoir très bientôt. Quant à Zach, je le reverrais dès le lundi à l'école et nous serions plus que jamais la joyeuse bande des Z.

Je suis monté dans ma chambre, un peu triste de les voir partir, mais avant tout heureux de la journée que je venais de vivre. Passer du temps avec des amis (et peut-être même être amoureux), peindre et dessiner, parler et rire étaient vraiment des activités qui m'aidaient à me sentir bien. À oublier que j'avais un drôle de prénom d'animal et que, parfois, les autres étaient méchants. À oublier que de temps en temps, je me sentais bien seul.

Je me suis allongé sous les draps et ma mère est venue me souhaiter bonne nuit.

— Merci pour tout, maman.

Elle a pris ma main et l'a embras-sée.

— Fais de beaux rêves, mon Zèbre d'amour.

Elle est sortie et a doucement refermé la porte derrière elle. Mes yeux picotaient. Non mais, je n'allais pas me mettre à pleurer, quand même !

Juste avant de m'endormir, une pensée, aussi brillante qu'une étoile filante, m'a traversé l'esprit. Après être devenu un artiste du Z, je m'apprêtais maintenant à devenir un artiste… de la vie !

Myriam de Repentigny

 Alors que mon amoureux et notre fille énuméraient les prénoms qui commencent par la lettre Z, j'ai pensé à un prénom inventé : Zèbre. Puis, un nom de famille : Bouchard. J'ai tout de suite imaginé un garçon aux dents un peu trop longues, portant des chandails rayés. Voilà, Zèbre Bouchard était né. Comme ça, d'une étincelle.

Je trouvais cela rigolo : Zèbre Bouchard. Mais est-ce vraiment si drôle d'être différent et de faire rire de soi ? D'en vouloir à ses parents et de supporter quotidiennement railleries et mauvais jeux de mots ? Mais Zèbre possède une arme magique : son talent d'artiste. Avec des crayons et un bout de papier, il peut enrichir sa vie, celle des autres et même… changer le monde ! Dans ce roman, Zèbre comprend qu'être différent, finalement, n'a pas que des désavantages. Qu'on peut à la fois être différent et heureux. Qu'au fond, chacun est unique.

Pas besoin de s'appeler Zèbre pour être différent : certains sont très grands ou au contraire, tout petits, d'autres portent des lunettes ou ont un accent particulier. Pour d'autres encore, cela ne paraît pas : ils se sentent différents « en dedans ».

J'ai écrit ce livre pour tous ceux qui, un jour ou l'autre, se sont sentis différents.

<u>Yvan Deschamps</u>

 Yvan est animateur à Québec depuis plus de 8 ans maintenant... non pas animateur radio... ou encore animateur de quizz ou de camp d'été !

Animateur de personnages bien sûr! (On parle ici de dessin animé pour la télé et de jeu vidéo.)

Yvan s'est mit à dessiner très tôt, mais il a réalisé qu'il pourrait en faire un métier que très tard.

C'est sa passion pour les personnages et leurs aventures, qui le porte maintenant à illustrer de si jolies histoires, pour son propre plaisir, oui ! mais avant tout pour tenter, très humblement, de partager ce même plaisir et cette passion avec le lecteur.

GARANT DES FORÊTS INTACTES

Ce livre a été imprimé sur du papier Sylva enviro
100 % recyclé, traité sans chlore, accrédité Éco-Logo
et fait à partir d'énergie biogaz.

Achevé d'imprimer
à Montmagny (Québec)
sur les presses de Marquis Imprimeur
en janvier 2013